꽃잎에 길을 묻다

최이천 제4시집

시음사
시사랑음악사랑

시인의 말

그날이 그날 같은
새로운 날
오늘도 걷고 있다
달리는 지구 열차 속에
무거운 짐 왜 들고 있는가?
그냥 놓고 가시게
손해 볼일 없다네

조금 가다 보면 내려야 하고
이별이 슬픈 줄 모르고
지나가야 한다네
늙어버린 감성을 깨워
기쁨도 알고 슬픔도 아는
시인처럼 살다 가세!

시인 최이천

★ 목차 ★

6 _ 빈자리

7 _ 꽃잎에 길을 묻다

8 _ 마음은 청포도

10 _ 동백 눈물 여순 사건

12 _ 여수는 어디

14 _ 고독사 고백

15 _ 나목의 묵언

16 _ 새날의 주인

17 _ 흘러가네

18 _ 성깔머리

19 _ 왜 그렇게 살았어

20 _ 빵 줄과 밥줄

21 _ 고로쇠나무

22 _ 순(筍)

23 _ 씻기다

24 _ 입마개 사연

25 _ 봄 행

26 _ 코로나의 한숨

27 _ 봄은 길벗

28 _ 우리 설

29 _ 누가 묻거든

30 _ 아픈 씨

31 _ 초립 쓰고 오는 봄

32 _ 마음 도량(度量)

33 _ 빠르다

34 _ 기찻길 풍경

35 _ 무엇을 얻었소

36 _ 걸작이야

37 _ 청춘의 샘

38 _ 새날을 얻다

39 _ 행복 추상(抽象)

40 _ 멍때리다

41 _ 여수 쫑포에 오면

42 _ 사랑의 무늬

43 _ 글 우산

44 _ 기쁘다 성탄

★ 목차 ★

46 _ 일회용

47 _ 반짝이는 윤슬

48 _ 별 따는 사람들

49 _ 붙잡아요

50 _ 똥장군 아들

51 _ 행복 언제 와

52 _ 삼팔선의 봄

54 _ 인생 짜깁기

55 _ 무대의 관조

56 _ 녹아버린 시상(詩想)

57 _ 지구가 울어

58 _ 부초 같은 낙엽

59 _ 굴러온 돌

60 _ 바람이 장난쳐

61 _ 줄의 기적

62 _ 등나무 그늘

64 _ 떠나는 배

66 _ 그녀 미쳐버린 춤

67 _ 저 가슴에 부는 바람

68 _ 맥놀이

69 _ 갈맷빛

70 _ 미꾸라지 자화상

71 _ 얄개의 불

72 _ 가을 바다

73 _ 더위 파세요.

74 _ 갑자기 슬퍼지면

75 _ 마음속 광주리

76 _ 가을걷이 아마겟돈

77 _ 조락(凋落)

78 _ 만들었지

79 _ 축제

80 _ 보라색 가을

81 _ 가을 풍경

82 _ 벌초와 어머니

83 _ 공간(空間) 마침

84 _ 가을의 계단

86 _ 송편이요

87 _ 가을 무화과

88 _ 들깨꽃과 말벌

89 _ 짧은 만남 꽃무릇

90 _ 가을 열애 중

91 _ 가을 멋쟁이

92 _ 태풍

93 _ 그 밤에 울던 사연

94 _ 춤추는 가을 여심

95 _ 바라보기

96 _ 노래해요

97 _ 테두리

98 _ 꽃 댕강 배롱 꽃

99 _ 내일은 허상

100 _ 삶의 반란

101 _ 달에 심은 사랑

102 _ 착상의 기쁨

104 _ 파란 하늘길

106 _ 잃어버린 맘

107 _ 길이 많아

108 _ 울체(鬱滯)

109 _ 상추 심으며

110 _ 피접(避接)

111 _ 아름다운 조화

112 _ 자랑하세요

113 _ 새싹 보리

114 _ 용설란

115 _ 동백꽃 뿌리

116 _ 계절을 넘어

117 _ 새 해는 뜬다.

118 _ 세 번째 신부

120 _ 지구의 눈

122 _ 역린. 미늘

124 _ 세밑

125 _ 조용한 반란

126 _ 봄바람

127 _ 덕장 휙 소리

빈자리

시골 마을 어르신 쉼터
젊은이와 어린이 없는
호젓하게 느껴지는 집
고샅길에 누군가 활개를 치고
오는 모습 보이면 머리를 쑥
내밀고 큰 소리로 말한다.

"딸기밭 집 셋째 아들 같아
저잣거리 큰 빵집에서
빵 사 오던 아들이네"
가까워지자 어서 오라고
손짓하며 반가워한다.

차반 바구니 건네주자
펼쳐보고 맛있는 빵
사 왔다며 함박웃음
좋아한다.

웃으면서 쳐다본 어머님
앉아있던 빈자리에
눈 멈추자 눈치 빠른 어르신들
자네 어머님 앉았던 자리지
말 잇지 못하고 눈언저리
붉어진다.

* 호젓하게 : 무서운 느낌이 들 만큼 아주 고요하고 쓸쓸함
* 고샅길 : 시골 마을 좁은 골목길.
* 저잣거리 : 가게가 죽 늘어서 있는 거리. 장거리
* 활개를 치고 : 걸을 때 두 팔이나 다리를 세차게 앞뒤로 흔든다.
* 눈언저리 : 눈 가장자리 / * 차반 : 예물로 가져가는 맛있는 음식
* 함박웃음 : 크고 환하게 웃는 웃음

꽃잎에 길을 묻다

꽃잎에 길을 묻습니다
아무도 몰래 살짝 오는 길
거센 바람 밀어내고
추위에 코가 빨갛고
귀가 시려와도 당차게 와
하얀 꽃잎 피우고
이정표처럼 길을 가르쳐 주는
당당한 매화에서 길을 묻습니다

겨울 보내는 노래에 맞추어
춤추는 귀여운 모습을
오래도록 바라봅니다

모질게 추웠던 설한풍(雪寒風)
이기고 보내는 장한 모습
자랑하지 않는 늠름함이
살아온 길이랍니다

삶이 고독에 저려 하늘이
보이지 않거든 삼동을 이기고
피어 있는 작은 꽃잎 매화에서
길을 물어보세요
견디면 꽃으로 피는 낙원이
큰 대문 열고 찾아온답니다.

마음은 청포도

시작도 끝도 같은 색깔
청포도 익어가는 모습은
언제나 싱그러워 그 모습
그대로 좋아

늙지 않는 마음도 청포도인가?
어릴 때. 이 팔 때 이수·고희
오늘 여기에 파란 청포도 알로
알알이 박혀서 파란 눈뜨고
지나온 길 더듬어 파랗게
반짝인다.

석양이 검붉게 타올라
퇴색 빛 속에 잠겨 들어도
마음은 청포도 고무신에
송사리 잡아서 함께 놀고 있다

울지 않는 벙어리매미 잡아서
울 때까지 가두어두었지
잊어버리고 잠든 밤중에 세 마리가
함께 울어 식구들이 놀라서
잠을 설치며 매미를 찾아 풀어주고
알밤을 맞은 기억 생생한 파란
청포도 추억이다

세월이 갈수록 마음은 청포도 알로
영글어가고 탐스러운 청포도 송이
한 아름 안고 파란 추억의 바닷속을
자맥질하고 있다.

동백 눈물 여순 사건

손가락이 총이다.
이웃집에 놀러 가서
경찰한테 잡혀간
삼촌 이야기는
할머니의 술안주처럼
늘 듣던 이야기
내가 태어나기도 전에
잡혀간 삼촌 누구를 닮았는가?
물어보면 너희 막내 삼촌보다
잘생겼다고 한다.

동짓달인가 유난히 까마귀가
많이 울던 날 만성리 굴 근처에서
죽은 자식 찾으려고 시체를 떠들어 보면
한 많은 삶 삭히지 못해
모두가 눈을 뜨고 있어서
어루만져 눈을 감겨주었단다

불에 타 연기만 자욱한 중앙동
구타에 절규하는 애끓는 소리가
서 초등학교 담을 넘어 연등천에
울려올 때 반란자로 몰려 빨갱이가
되어버린 순박한 농부들은
겨울에 먹어야 할 김칫독 묻어야!
한다고 걱정하더란다

누가 빨갱이인가 신월리 14연대
반란군의 반역죄를
무고한 시민 농부에게
뒤집어씌운 파렴치한 권력자
죽은 양심의 패륜은 가슴 치는
동백꽃 눈물이더라.

여수는 어디

아름다운 물 동네
밟히고 짓눌려서
더 아름다운 물
육백 년을 눌러 흐른 물
빛 보아 노래한다.

포. 은 정절 고려를 품에 안고
일백 번 죽어도 반란자
섬길 수 없어 석보창에 굶어 죽은
여수 현감 넋이 살아나와
장군도 앞바다 윤슬 춤을 추는구나!

버림받은 여수.
순천 현 합병하고
오백 년 흘러 울며 버린 자식
새 힘 받아 임진왜란 성웅 세워
구국 충절 가이없는 사랑으로
나라를 구하였다.

해방혼돈 할퀸 여수
빨갱이 여순 사건 피지 못한
동백 되어 울기만 했었다네
연좌제 사슬 속에 울어 헤맨
칠십 년 문드러진 속울음
눈물마저 말랐다네

여수는 어디
밟아도 죽지 않고 버려도
살아나는 오뚝이 여수
이제는 숨 쉬고 살자
그만 울고 웃어보자

군자동 진남관아
장군도 넘어가는 석양 노을
바라보며 그때나 지금이나
망연한 모습 그대로 구나!

고독사 고백

고독해 봤소
바람만 불어도 아려오는 맘 병
다친 맘 치료할 곳 없어 소줏집
기웃거리고 미쳐본다.

말 붙일 곳 없어 벽을 잡고 울어보고
허공을 치며 통곡해도 지나간
그림자에 얻어맞는 자존심은
세상을 거부한다.

누가 세상이 고해(苦海)라고 했던가?
지쳐가는 한 마리 새는 끝이 없는 고해(苦海)에
번민(煩悶)할 기회도 없이 날개를 접는다

무엇이 그렇게 가시였는가
그 가시를 알 수가 없다

그냥 날개를 접고 조용히 쉬고 싶어
맘이 몸을 점령하여 움직일 수가 없어
사랑과 웃음도 거짓 위선으로 포장되고
진실 없는 껍데기에 무엇을 말할 것인가?
더 내려갈 곳 없는 자존심의 도피처다

무(無)에서 유(有)가 된 내가
조용히 원점으로 귀가하는
자연과 순환의 안식처로
마지막 흘린 자존의 아름다운 눈물이다

나목의 묵언

맨몸으로 맞선 나목
무서운 것 없는 악다구니
때리면 맞겠다는 결기
무서워도 그 자리 지킨다.

강약으로 때리는 칼바람
어느 때는 비바람 눈 폭탄
가끔은 마음을 열 것 같은
부드러운 바람으로
어르고 달래는 강자의 여유에
속울음 달래는 나목
내 속에 흐르는 생명의 강은
너보다 더 강하다고
묵언 속에 담아둔다.

칼바람 때리는 강펀치에
나목 실뿌리까지 동원하여
우듬지 생명의 물 퍼 올리며
새봄에 피어날 연둣빛
자식 생각에 연민의 정 되새긴다.

우~우 밤새 우는 나목
아픔을 생명으로 바꿔내는 기적 소리
잦아드는 소리를
가슴에 안고 잠이 든다.

새날의 주인

새해 주인공 되어서
보람찬 새날 왕성한
기운 속에 영글어가는
영혼의 옹알이 듣고 즐거워져
감사의 노래가 절로 나오는
기뻐하는 날들로 가득 채워지기를
소원하겠소

지나가 버린 아쉬움에
미련 두지 말고 새날의
푸른 꿈 바람개비처럼
시원하게 돌아가기를
응원합니다

희망으로 가득한
첫날 소원을 품고
솟아오르는 태양에
입맞춤하며 임 가시는 길에
비단을 깔고 꽃가루 뿌려주련다.

흘러가네

세월 강에 추억 다리를
놓으면 아득했던 그날이
가깝게 다가온다.

다들 가고 혼자서 놀았던
어느 날의 기억이 뭉클하게
다가와 혼자 있자니

어머님이 찾아오며
내 이름 석 자를 크게
부르던 그 모습에
언 가슴 풀리며 울었던
내 모습 선명해집니다

물 파도처럼 흘러가는
세월의 강 저편 언덕에서
나 혼자 놀고 있는 어두운
이 골목 바라보며
무언가를 손짓하는
정겨운 모습에 그때처럼
언 가슴 풀리며 웃고 있습니다.

성깔머리

꼬락서니 좀 보소
꼭 지아비를 닮아서
그 씨가 어디 간단가

고집하고 성깔머리는
내력이여 수군거리는
골목을 뒤로하고
휭 하고 어디론가
가버린 사람 기억 속에
남아있다

진달래가 다섯 번 피던 날
제비처럼 돌아온 그 씨
말쑥한 청년 번쩍이는
견장 사관학교
졸업하고 받은 계급장이란다

골목 어디선가 수군거린다.
지아비를 쏙 빼닮았어.
저 웃는 모습 좀 봐
지아비하고 똑같아
온 동네 사람들 반가워한다.

돌아온 성깔머리 꼬락서니
진달래 피는 고향 언덕에
상록수처럼 살아있어주~~

왜 그렇게 살았어

태어나자 6.25
일어나자 배고픈 보릿고개
달려가 보니 초등학교 강냉이죽 한 그릇

눈 떠 보니 4.19, 5.16, 10.26, 12.12
달력이 어지러워
정신 차리니 5.18

가다 보니 달러벌이 중동 땅
숨 쉬어보니 모래바람 미세먼지
돌아오니 춤바람 나라 간 파랑새

이제 보니 한 몸 살자
앞도 뒤도 보지 말고 그냥 먹고 즐기잔다.
무서운 그 생각들

아기 울음 절벽 되고
노인 눈물 홍수 되니
어찌할까? 대한민국

배지 단 한량들
박자부터 엇박자라 보는 이 사라지고
입만 남은 여의도

입힘으로 뱃심 빼니
홀쭉해진 국민 다수
벚꽃 보며 피운 꿈이

떨어지는 꽃비 되어 하염없는 눈물이네

빵 줄과 밥줄

빵집 앞에 줄을 서 기다리고
밥집 앞에서 줄을 서 기다린다.

빵집 앞줄에는 젊음이 있고
밥집 앞줄에는 주름진 모습이다

빵 사는 줄에는 예쁜 선물 가방 인증 샷
찰칵 포즈 미소와 웃음이 스크린 된다.

밥 받는 줄에는 식판 받는 굳은 손
구부정한 모습 무표정 대화가 없다

먹거리 주식 문화가 바뀌는
거리의 풍경이 낯설어져
이방인 같은 내 모습 쓸쓸하다

배고프던 시절 학교 점심 강냉이죽을
줄 서서 받아먹고 마을 일하면 밀가루 포대
줄 서서 받았지 꿈 따라 타향살이
배고파 꿀꿀이죽 사 먹는 줄에 섰던 기억
군대 훈련소 식판 받는 줄은 추억이 되었다.

일 년이 십 년보다 빠르게 변하는
대한민국 잘 살아보세! 노래 들으며 키우던 꿈
접어서 다들 가버린 고향 빈집에 버린다.

고로쇠나무

산머리 지켜 서 있는
키 높은 고로쇠나무

우리 아버지 이전 때부터
여기에 살았지

봄 햇살에 눈 녹은 물 마신 너
젖줄 되어 어린 새싹 먹기 전에
너 몸에서 빼내어 먼저 마시니 미안하구나

이른 봄 힘 얻어 걸음걸이 든든해진 이
발자국 자국마다 네 모습 새기고
사푼사푼 걸어가서 새봄 소식 전하리다

임아 우리 나누면서 살다 가자
고로쇠 맑은 물에 얼굴 한번 비추고
웃음 한번 웃어 주렴

순(筍)

봄바람은 순을 키워낸다.
연한 모습이 어린 우리들의
순 시절 생각나게 한다.

시절 따라 변하여 강건해지고
한 조각 우주가 되어
희망가 부르다가
또 다른 때를 만나면
어린 그 시절 순 이야기로
밤새운다.

추억은 순과 싹들의 이야기 샘이다
바람 따라와서
구름 타고 떠돈다.

그냥 흔들거리며 사는 것
기적은 순에서 시작한다.

어디에서 순의 기적이 멈출는지
두 잎에서 네 잎으로 식구 늘린다.

여름이 오면
봄 속에 숨겨둔
첫사랑 이야기 자랑할 거다

씻기다

비에 씻기다.
바람에 씻기다
더럽혀 놓은 자의(恣意)
두려운 탄성(歎聲)

자력으로 하늘가는
사다리 바벨 탑 쌓아
하늘에 입성하려다
교만한 그들의 탑은
무너져 말을 잃었다.

교만이 세상을 지배할 때
예기(豫期)하지 못한
치리(治理)가 있었음을
여러 번 보았다

지금 인류는 교만하고 있다

코로나 회초리에 뉘우치고 깨달아
바로 서지 않으면 원자탄 날아오는
슬픈 날이 올 것이다

무릎 꿇고 사랑하는 자로부터
씻김을 받으며 감사의 노래를
부르는 날을 고대합니다

23

입마개 사연

청보리밭 지나 벼 못자리
일하려 소 몰아갈 거다
입마개를 씌워라
새끼로 얼기설기 만든
입마개다

입마개 사이로 혀를 내밀고
청보리 한입 먹어보려는
소와 실랑이하며 일 마치고
돌아오면 눈물 보여요
얼마나 먹고 싶었을까?

여물을 끓여
소가 좋아하는 쌀겨
듬뿍 주어도 안 먹어
먹고 싶었던 청보리 생각에
입맛 잃어버리고 단식하더라

봄 행

땅속에 부르는 소리 들려와
물 한 바가지 마시고

고개 들며 흙 뚫어 나오니
눈 바람 차갑더라

볼 비비고 서 있는데
따듯한 해님 안아주어
좋아서 웃었지

웃고 있으니 꽃이라며
예쁘다고 사진 찍자네!

코로나의 한숨

내 이름은 왕관
크기는 태양 둘레
태양 바깥 빛나는
테두리지요

어쩌다 잘못 연결되어

눈에도 보이지 않는
바이러스 만나
개털 모자 됐어.

바이러스
네 모습이 나를 닮아서
내 이름을 쓴다는데
너와 동거하기 싫어

코로나는 태양 광풍으로
가시광선 오로라로
여신의 드레스 만드는
아름다움의 예술가지

바이러스 너를 만나
체면 구기고
폭군처럼 불리니
속상하고 가슴 아프다

봄은 길벗

외롭지요.
꽃이 말을 해도 들리지 않아
햇빛은 그대로인데
바람은 길벗인 양 뺨 위에
머물다 가네

어디에 눈을 멈출까?
닫힌 가슴엔 어두움인데
벚꽃잎 눈처럼 길 위에 흩어지네!

흩뿌려진 꽃잎 밟기조차 아까워
빈자리 찾아 발걸음 옮길 때면
어느새 뿌리우고 사뿐히 밟고 가라 하시네

오래오래 함께 가지 못함을 아쉬워하듯
바람만 춤추듯 길벗 되어 살랑이다
꼬리마저 감추고 혼자 남겨둔 채

봄을 가지고 가버렸네!
내 그리운 봄아

우리 설

우리 설
그날만은 함께 좋아지는 날
버릇을 고치고 새로워지는 날
욕심을 버리고 나누어주는 날
가난하고 천대받던 모든 사람
배불리 먹고 놀자고 하는 날
어른들 찾아뵙고 세배하는 날이다

욕심 바가지 밟아서 깨고
문지방을 넘는 풍습
부적을 붙이는 풍습
베갯머리에 목숨 수와 복 복자
붙이고 장수를 기원했다

삼촌 형님들 첫사랑 고백 선물
빨강 비단, 머리 묶는 댕기 띠
은근슬쩍 주던 모습 생생하다

눈빛으로 주고받던 첫사랑
이름 수놓은 손수건 슬쩍 놓고 가버린
풋사과 같은 그미가 보고 싶다

설이 되면 우리라는 말이
너무나 정다워 가슴에 서린
고향의 향기 새록새록 살아나와
옛 추억 설빔 입고 춤추자고 한다.

누가 묻거든

누가 묻거든.
웃었다고 말해주
눈물은 물이 되고
머리카락 날리며
가더라고 말해주

저만큼 가다가
뒤돌아보고 다시
웃더라고 말해주

삶은 숨어서 울고
만나보면 다시 웃는
모순의 산파들이
무도회 하는 희극
억지로 웃는 무희다

어디론가 떠나야 하는
길 앞에 방향을 잃은
방랑자 감춰진 무표정
웃었다고 말해주

버려진 시간의 무게
억눌린 미래 앞에
삶의 노래가 묻거든.
그냥 웃더라고 말해주

아픈 씨

일본 사람 신사 섬기고 천왕 모셔라.
따르지 않는다고 감옥살이시키고
씨를 말려야 한다며 시인 이동
단종 대 위에 뉘고 차디찬
메스로 정관 잘라버린다.

손자를 안아 보겠다던
어머니 얼굴 떠올라 울고
또 울었다네

유채 꽃밭처럼 활짝 피어 있는
자유의 꽃밭 유난히 아름답게 보이는
방종에 꽃들 제어되지 못한 사랑의 밀어에
몸을 열어버리고
동굴 속에 생명 힘차게 들어와
치열한 경쟁 뚫어낸
힘세고 날랜 놈이 집주인 되었네!
너무나 편하고 좋은 집 얻어서 감사하단다

희망에 부푼 꿈 새 하늘
새 땅에 입성하는 날 춤을 출 거란다

너는 누구냐 너와 함께 갈 수 없어
나오란다

차디찬 집게에 물리고 울 때
원망할 상대조차 없는 여기 단종 대
눈물도 없더라

초립 쓰고 오는 봄

눈보라 영하 속에
감춰진 애기 봄 실눈을 뜨고
보시시 일어난다.

질 높이로 쌓이는 눈 속에
기죽지 않고 초립을 갖추어 쓰는
보리 동동, 파란 치마는
봄의 정령이 숨 쉬는 곳이다

애틋하게 기다리는
따스한 햇볕 꽃망울 어루만지면
매화는 꽃눈으로 웃으며 인사한다.

매화야 너의 눈웃음에
속정이 터져서 미치는 사랑을
하고 싶구나!

햇빛 정염으로 타오르는
입김에 꽃망울은 몸을 활짝 열어
하늘을 바라본다.

누구의 풍악인가?
밤새워 구애하는 별들
별을 따주는 세레나데
잠 깨는 새벽에는 바람쟁이로
날아가 버리더라

마음 도량(度量)

오월은 내 마음 도량 넓혀야지
생명이 잉태된 사월 보내며
야무진 꿈의 눈 떠 본다.

펼쳐진 곳곳에 쑥쑥 크는 생명의
아름다움을 작은 마음으로 보기
민망해 마음 키워봐야지

울창한 숲처럼 어우러지게
천 개 만 개 도량 모여 도량되면
세상 탐욕을 잠재우고 노래 부를 거야

욕심은 도망가고 시기와 질투는 사망할 거야
조금만 더 도량 넓히면 이기는 절망하고
사랑은 행복 찬가 부를 거요

한 권 책은 한 개 도량 만권 책은 만 개 도량
형형색색 오색 궁둥이 도량이 모이면
넓은 웃음바다 만들어진대요.

일곱 색깔 맞닿는 쌍무지개 만들어
아름다운 생명 축제로
마음의 도량 키우렵니다

빠르다

찰나 순간 탄 지
현실 속의 속도
느낌으로 재는 단위
눈으로 확인할 수 없어
촉을 세워 느낀다.

째깍째깍 마흔여섯
내 살을 뚫고 달리는 피
지구를 두 바퀴 반을 돌고
본부석 심장에 왔다.

신비한 몸속의 속도
삼만리 길을 마흔여섯
세는 동안 뛰어 돌아오는
무서운 질주보다
더 빠른 머릿속 생각은
나를 파랗게 질리게 한다.

시공간을 넘어 남극의 얼음 산
북극의 얼음 밭을 한 눈으로 보고
만년설 얼음 속을 헤쳐 들어가
수억 년 전 아메바를 구경한다.

어느 순간 남의 속을 헤집고
들어가 감추어둔 비밀을
헤아려보는 생각을 질책하며
급브레이크 밟고 서야 한다.

기찻길 풍경

차창 밖 눈 내리고
산야에는 텅 빈, 공간
겨울을 보내고 있다

차 속에서 추억의 열차를
갈아타면 계란 있어요
소리가 들린다.

혼자 먹기 멋쩍어
오백 원 내면 달걀 열 개
사이다 두 병을 주면
마주 앉은 앞사람 옆 사람
나누어 먹으면 그때부터
이웃 되어 팔도가 통한다.

얻어먹을 수만 없지, 여기요
오징어 소주 술사고 떡도 산다.
소시민의 팔도인심 배를 채우고
이야기꽃이 피고 질 때면
판자촌 지나 수원역부터
옆자리 이웃이 바뀐다.

깜빡 졸음 눈을 떠보니
검정 하얀 마스크만 보이고
여행의 멋 팔도이웃은
오간 데 없더라

무엇을 얻었소

할머니 백일치성
어머니 사십일 단식기도
아버지 백팔 배 오체투지
금 탯줄치고 바라본 가시거리에
아무것도 보이지 않는다

몸을 때리고 가슴을 후벼파도
실체 없는 빈 껍질 기다림만 커져
정신과 몸이 따로 노는 이질(異質) 매듭
어떻게 풀어지나!

혼과 몸의 밀고 낭기기 끝에는 허무더라

무엇을 얻었소! 신(神)은 행복을 주었다.
사람은 이 세상 저세상 경계를 정하고
스스로 나눠놓은 숫자에 속고 있다

신(神)의 나라는 이승 저승 경계가 없다.

신이 사람에게 주는 행복은
사람이 죽어서만 가는 천국 아니고
지금, 이 세상에서 천국을 즐기라는 것이다
이 시간 천당의 행복을 가져라.
행복을 느끼는지만 감사의 증표(證票) 가지고
천국과 극락에 들어간단다

걸작이야

훌륭해서냐 별나서냐
이름 붙은 걸작 헷갈려
앞을 보고 뒤를 봐도
별난 걸작 같다

온 동네를 휘졌던 골목대장
휘파람 불면 모여들던
처녀, 총각 달밤에 쌓은 정
당산나무에 걸어두고
기타를 치고 울리 불리 춤을 춘다.

시끄럽다고 나무라던 어르신들
고고 춤에 신바람을 느꼈는지
모두가 나와서 구경한다.

달밤 무대가 되어버린
정자나무 아래 하모니카와
기타 소리에 어깨가 들썩거리는
떼줌과 비보이 춤은 그 밤의
걸작이었다

골목대장 걸작 친구 서울로 가고
주인 잃은 골몰에 쌩한
바람 불어오더라

청춘의 샘

청춘은 샘물 같은 것
마르지 않는 탄산수
끊임없이 솟아 나와
길게 흘러 두물머리
세 물머리를 만들어
쉼 없이 도란도란
굽이굽이 흘러가는 것

나이는 숫자일 뿐
좋은 생각 넘치는 유머
모험하는 용기 견디는 배짱
친절한 신사로
세월 안고지고 살아온 삶
칠십 팔십 식지 않은 사랑이
용트림하는 마음이 청춘이다.

청춘의 진가는 이 팔의 육체

유연한 관절 뽀얀 피부가 아니고
처녀림 속을 두려움 없이 들어가
동화되고 어울려 함께 놀아보는
날마다 새로운 백치가 되어보는 것이다

잠자는 청춘을 깨우라
마음속 옹달샘 솟아올라 파란 젊음
풍기는 매력에 경계가 무너지고
웃음꽃 피어 언제나 청춘
꽃 대궐에 벌 나비 날아온다.

새날을 얻다

크게 열심히 노력한 것 없이
365날을 그냥 얻어 부자가 된
오늘 아침 즐겁고 기쁘다

모든 것을 새롭게 느껴보자
부자의 마음으로 세상을 바라보고
복 있는 자의 만족으로 쳐다보는 세상
감사만 주렁주렁 열려있는
풍성한 나무로 우뚝 서 보자

지나온 날에 후회하지 말고
아직 가 보지 못한 미래에
두려워 말고 지금 서 있는 땅에
기운을 느껴보자

바람 소리 물소리 새소리가
합창하는 하모니 실용 음악
전주곡에 오선 여 도레미파 시
빽 무직 춤 경연 몽환 속
콩나물은 춤추는 밥이 되어
입속으로 들어간다.

아~ 듣고 먹어 배부른 시인은
하늘 보고 땅을 보고 웃고 있다

행복 추상(抽象)

사랑 행복하여지려고
돈 행복을 위하여
공부 행복을 찾는 길 같아서
소소한 일상이 행복을
찾는 게임 같다

행복이 뭐길래
유·불·선. 모든 종교가
끝자락을 행복으로 펼친다.

삶의 끝 종교의 끝
철학의 끝에는 행복이 없다.
행복은 현재 느끼지 못하면
존재 없는 허상이다

행복은 감사에서 시작하고
끝에 가면 마음속에
진한 연민의 꽃으로 핀다.

스스로 가진 능력으로
행복을 얻은 것 아니고
부모의 은혜로 세상에 와
수많은 도움 얻어 현재를 가진 것

도움의 미덕에 감사함으로
행복은 섹시한 모습으로
꽃 피우는 것이다

멍때리다

검은 토끼 검은 호랑에게
바통을 받는 순간 호랑이발톱

너무나 날카로워서 하는 말
야~ 발톱 좀 깎고 다녀

검은 호랑이 뭐라고 대답할까?
멍때리는 순간 토끼는 굴속으로
도망가 버리고 호랑이는 계묘년(癸卯年)

입구에서 멍때리고 있다

꾀 많은 검은 토끼 귀엽지만
조심해서 다루십시오
아차 하면 코 베어 갑니다

모두가 어렵다고 하는 2023년
무탈을 기원하며 유머에 웃는
재치와 지혜로 송구영신(送舊迎新)
하시기를 손 모아봅니다

짧은 만남 긴 이별을 생각하며
소중한 시간 허비할 수 없어

바쁘게 달려왔지만, 마지막
버리는 달력 앞에 멍때리고
비워가는 하루쯤 청소하고
소제(掃除)하여 맑음을 가지소서

여수 쫑포에 오면

조수(潮水)가 흐르고
물결이 넘실거려 삶이
활개 치는 듯 생동을 느낀다.

장군도 앞에 금방울이
뛰는 듯한 윤슬들의
유희(遊戱)를 쳐다보며
물비늘 금 결의 조화
햇살과 물살의 장난인가?
연기인가 관객은 탄성한다.

바람이 바뀔 때 물살이 변하면
고기떼도 달라져 낚시에 걸리는
물고기는 쏜 병어 몽어 숭어 전어
문어가 낚시꾼의 심심함을 덜어준다.

쫑포의 매력에 끌려 날마다 와보면
올 때마다 새로운 느낌 마법 같아
돌아오지 않는 하멜과 깊은
이야기 속으로 빠져 버린다.

오늘도 쫑포는 가버린 하멜을
생각하며 등댓불 켜놓고 그 시절
이야기를 오가는 케이블카에 싣고
어디론가 보내고 있다

* 하멜 표류기 저자 네덜란드 선원
  여수 쫑포에서 탈출하여 귀국함

사랑의 무늬

무한한 사랑으로 시작한 세상
사랑의 무늬가 색인 된 오늘
찍혀있는 모양 살펴본다.

미운 척 싸움 걸어 관심 두고
아닌 척 투박한 모습 애석함이
첫사랑 시작 말 못한 사랑이다

귓불이 빨개지고 가슴 두근거림
들키고 싶지 않아 남몰래 바라보던
혼자만 좋아 몽상으로 커져 버려
아프던 짝사랑 기억 속에 웃고 있다

겹치고 이어져 관심 끌어서
아낌없이 다 주고 더 주고 싶어서
부부가 된 우리의 사랑 지키며
가꾸고 대물림하여 변하지 않는
사랑의 꽃과 향기 남기고 싶다

세월 속에 무뎌져 사랑이 변하고
무늬만 남아 날아간 사랑은
서운하여 미워지고 그리워서
찾고 싶어 형형색색 단풍 같은
사랑의 무늬 꽃가루처럼 휘날린다.

글 우산

소리 없이 내리는 보슬비
마음에 내릴 때 허공 잡고
얘기 섬 바라보면 왠지 모를
그리움은 어머니 젖가슴에
매달려있다

어리광 추억은 따뜻한 미소에
눈처럼 녹아 물이 되고
먼 길 와 버린 여기에는
고추냉이 매운맛 마음 아려와
뜨거운 비로 오면
피안(彼岸)에 글 우산 펼쳐 들고
바닷가 모래밭에 글을 쓴다.

엄마 아빠도 가고
내 친구 연희. 석이도 갔어! 라고 쓰면
밀려오는 잔물결 무슨 이야기
들려줄 것 같아 귀를 세운다.

철썩철썩 내 귀를 어르고
싹 싹 마음 씻어 가며
세월 선생님 바닷가 글 우산
특강을 하며 정신 차리란다

* 얘기 섬 : 여수 신덕마을 앞에 있는 작은 섬

43

기쁘다 성탄

예언의 메시아 구주 오셨네
예언이 이루어지는 순간
짜릿한 쾌감 느끼며 또 다른
예언을 바라보고 기대한다.

예수 오심을 수천 년 전 예언하고
기다리며 거짓 예수가 와서
노략질하고 배신하는
수모를 당하는 역사도 있다.

진짜 예수 시대에 살고 있음을
감사하며 새사람을 입으라는
말씀 따라 성령으로 거듭나야 한다.

사람은 할 수 있는 일을 이뤄내고
믿으라 하고 신은 할 수 없는 일을
하고 믿으라 한다.

사람의 이론과 신의 이론은
일치하지 않고 인간의 논리로
풀리지 않는 모순의 늪이 된다.

예수는 신이면서 사람으로 와
우리를 형제 만드신 은혜자
사랑을 실천한 구주
부활 승천까지 예언을 이루시고
마지막 한 가지 남은 예언
인자가 구름 타고 내려와

심판을 주관하는 모습이랍니다.

일회용

일회용인데 아니라 한다.
부담 없고 편해서 좋다
버려도 미련눈 떠 본다 없어 가볍다

종이컵 바람 따라
굴러가며 살짝 하는 말
큰바람 불면 똑같아

회오리 속에 버틸 수 있어.
흔들리는 땅 위 서서 있을 수 있나?

노도 광풍 견딜 수 있냐고
누가 묻거든 견딜 수 없어
일회용이라고 고백하련다.

힘 앞에 자연 앞에
붕어빵처럼 닮은 일회용이다

누가 말하거든 날아오르는 티끌이
너와 같다 하면 맞는다고 하리다
편해서 사용한 일회용
그것 나야!

반짝이는 윤슬

햇살 물살
달빛 물빛
예쁜 이름 윤슬

넓은 무대 혼자서
춤추는 네 모습에
내 마음 이끌려 쫑포에 왔다
일렁이는 잔물결에 사연 실어

금빛 은빛 춤사위
누가 너를 따라 하리
내 영혼에 낀 때

맑은 너의 씻김 춤에
흔들흔들 시쳐지고
새싹으로 고개 들어
윤슬에 입 맞춘다.

별 따는 사람들

별도 많고 사람도 많아
어느 별을 콕 집어 딸까?
저것 내 별이라고
점 찍어두었는가?
어린 시절 여름밤에 보았던
별들이 멀어져 간다.

밤마다 내 별이라고
마음에 담은 별
멀게 느껴져 하늘을
바라본 때가 아득하다

무디어진 마음에는
별이 뜨지 않고
하늘도 노랗게 보인다.

색깔을 잃어버린 하늘에
숨어버린 별을 찾으러 간다.

마음에 창을 열고 닦아
눈을 뜨자 죽비로 때리고
울림을 따라 별을 따러 간다.

붙잡아요

세월의 난간대 기대어
세모를 잡고 보내기 싫어
발버둥 쳐본다.

나와는 아무 상관 없는 듯
뚜벅뚜벅 가버리는 모습에
할 말을 잃어버리고 두리번거린다.

스치는 생각은 박제하자
시간을 대못질하여 벽장에
부쳐두고 한여름 햇볕으로
말려버리자

사연을 묶어 유리 상자에 넣어
타임캡슐 만들어 행복이
놀다간 모습을 만들어
훗날 누가 보거든
아~하 그런 날 있었구나
자랑해 보자

행복을 붙잡고 놓지 말아요
행복이 숨 쉬는 곳 오늘을
즐겁게 웃고 춤추고 노래합니다

똥장군 아들

반 장군은 출렁거리고
온 장군 힘이 모자라고
보리 새싹은 누렇게
야위어간다.

똥장군을 목타게
기다리는 보리
똥 맛을 아는구나!

아버지는 보리 엄마가 되어
새벽부터 장군 지게 지고
보리 새끼들 찾아간다.

영양죽 한 그릇씩 퍼주고
잘 자라다오. 어루만지면
검푸른 모습으로 인사하고
청라 치마 벗는 우월에
돈으로 오신단다

아들 손에 월사금 되고
서울 사람 된 똥장군 아들
기억조차 없는 듯 비탈진 밭
멀뚱하게 쳐다만 본다.

행복 언제 와

너와 나 행복하여지려고
고통을 참고 기다리며
언제쯤 행복해질까?
마음 졸이고 있다

시간 가고 세월 가면
행복이 열매처럼 익어서
뚝 떨어질 것 같아 먼 하늘
쳐다보며 그때를 기다린다.

말로만 듣던 행복
얼마나 좋아야 행복한가?
사랑 속에 박혀있는가?
재물 속에 숨어있는가?
찾고 찾아본다.

추억이 된 사연 속에 희미한 그림자
활짝 웃었던 철없던 그 시절
그립고, 생각만으로 입가에
번지는 쓸쓸한 미소 거기 위안이 있다.

좁아진 마음속에 행복을 담을
그릇이 적어 시간과 함께
날아가 버린 행복 지금 바로
깨달음에 감사함으로 열자
행복은 감사함의 열매란다

삼팔선의 봄

풀리는가 풀릴까?
응고된 피맺힘

울고 넘던 바람이
웃고 넘는 날 오늘인가?

오가는 구름 따라
달 모습 애잔하다
가고 없는 벗인 듯

허허하노라 육육 년 갔으니
무엇이 남았으랴

솟아나는 새순 눈 만들어
형제라도 알아보게

옛이야기 심어주세
여우 승냥이 도깨비
다 집으로 돌아가고

우리는 백의민족
단군의 자손으로
하느님 보호하사.

한강에 물안개
대동강 물, 바람
천지. 백록담 안개 어린

신들의 집
시공하고 중공 하여
집들이하세

인생 짜깁기

어허 흠 없는 삶이 있던가?
살다 보면 때가 끼고
얼룩져있는 상처 자국
곱이곱이 흘린 눈물 혼자만 안다.

십 대는 경쟁에 목마름
이십 대 직장에 턱걸이
삼십 대 상사의 눈치
사십 대 꿈 찾아 떠나는 맘
오십 대 미래의 불안
육십 대 현실의 불신
칠십 대 미로 같은 영혼의 노래
억눌린 감정은 밖으로 터진다.

어느 때부턴가 표출된
옷매무새 배꼽티에
찢어버린 바지 헐렁한 모습들이
상처받은 흔적 같다

시대와 세대를 아우르고
싸매야 하는 본바탕과
비슷한 짜깁기라도 해야 한다.

무대의 관조

쿵 쾅 조명 커튼
열린다. 알리고 싶다
뜨고 싶다
돈 벌고 싶다

가수 무희 배우냐
아기다

주먹 쥐고 울 때
웃고 박수받던 나

지금 받은 대본
입시 취업 연애 사랑

다음 대본 명퇴 염퇴 사퇴
이혼 재혼 졸혼
대본 없다고 왔는데
아쉽다

백치 하류 노숙 하류
미친 하류

무대가 좁다.
창공에는
별 따라 가는
기러기 보인다.

녹아버린 시상(詩想)

잠자는 듯 조용한 시명(詩命)
때로는 내 속을 뒤집어 흔든다.

언제쯤 세상 밖으로 내보낼 거냐
혼자서 엎었다. 뒤집는
용트림 잠재울 용기가 없어
입안에 더듬거리며
읊조려본다.

눈이 가는 곳에 먼저 떠오르는
시상(詩想) 잡지 못해 놓쳐버리고
아쉬워하며 언제 올 줄 모르는
시상(詩想)에 목말라한다.

비어있는 어디엔가 움츠리고 있을
사라진 시상(詩想)
놓쳐버린 고기가 더 크게

생각되듯 흘러가 버린 시상(詩想)
만날 수 없어 더 그리워집니다

아직 꿈틀거리는 시명(詩命)에
영양제를 주어야 하는가?
신발 끈을 매고 바다로 산으로
사랑하는 자의 가슴속을 파고들어
시명(詩命)을 살리는 구도자의
길을 가려고 한다.

지구가 울어

날마다 구멍이 뚫리고
싸매지 못하는 상처는
아픔을 호소할 길 없어라

땅을 뚫어 기름을 빼먹고
하늘을 뚫어 눈을 만들어
정보를 가져간다.

로켓이 성층권 뚫을 때 빨려 나가는
산소와 지구 띠를 유지하는
기체의 수량을 셈 해봤는가?

빠져나가는 기체는
지구 뱃가죽을 주름지게 하고
공간을 휘젓는 회오리는
허리케인 되어 이곳저곳을
뒤엎어 버릴 것이다.

공기가 빠져버리고
출렁거리는 지구 뱃가죽은
출렁다리처럼 흔들거리고
공기 빠지는 고무풍선처럼
혼절하고 있다.

부초 같은 낙엽

부초인가 낙엽인가?
부초 같은 낙엽이다

낙조 안은 붉은 낙엽
수영을 즐기는 듯
잉어등을 타고 논다.

해를 품고 달을 품은
작은 둠벙에 유유하게
떠 있는 낙엽의 여유로움
볕뉘를 찾아 헤매는
잉어들의 원성은 안중에 없다.

낮 실 밤 실 엮이어 흐른 세월
바늘 같은 시간 지나간 흔적은
형형색색 낙엽 색깔
변하는 모습 교차하는 환상
끝에는 똑같은 검은 흙색이다

누가 누구를 말하랴?
끝자락 펼쳐보면
모두가 흙색이더라

굴러온 돌

쏟아지는 비
산 능선에 물줄기 솟구친다.
쾅 하는 굉음(轟音)과 와지직 하는
소음 속에 작은 돌은 날아가고
큰 돌은 굴러간다.

산밑에 작은집은 굴러온 큰 돌에
뒷벽이 뚫리고 안방에
바윗돌이 앉아 있다.

주인은 피신 가고
바윗돌만 덩그렇게 앉아 있다

집은 버려지고.

바윗돌과 함께 온 명감나무는
어느 가을날 빨강 열매
주렁주렁 열려있더라

바람이 장난쳐

확인할 수 없어 눈에 안 보여
만져지지 않아 머무르지 않아
변덕쟁이야

어느 때는 연둣빛 분장
만지기조차 아까워
바라만 보게 하더니

뜨거웠던 열기를 흔들어서
시원하게 간지럽히고
멋쟁이 옷 입게 하여
두근거리는 가슴
사랑 연가로 가득 채워서
한 시절 연애로 열병 들게 했었지

쓰르라미 울던 밤 혼자 남겨져
서러워 눈물 훔칠 때 만져지는
주름에 놀라는 순간 휘몰아치는
완력에 떨어져 날아 뒹굴며

모둠에 와 보니 나 찌르던 친구
멀리 있어 그리웠던 친구
여기서 만나는구나!

바람 장난에 웃고 울고
바람 완력에 흔들리고 날아 뒹굴다
바람 주인께 내일을 부탁하며
꾸벅 인사한다.

줄의 기적

허공 이어가는 줄
공간 연결할 줄
생명의 줄

무희 춤추는 외줄
번지 점프하는 줄
동화 속 동아줄

거미줄 누에 줄
일 찾아가는 개미들의 줄

노인 점심 밥차 줄
노숙자 식사하는 줄
병원 번호표 줄

공연장 긴 줄
하늘 날으는 연줄

무슨 줄에 서야 하는가?
생각하다 놓쳐버린다.

등나무 그늘

산발한 머리
덩굴손 들고 하늘 보며
바람을 잡고 햇빛 막아주니

꿈이 잠자는 쉼터
매미 노래에 춤추는 나비
누구의 작품일까요?

쉼이 있는 삶
즐겨야 하는 동무 여기와
내일 힘 채워라.

비우고 버려서
바람을 채우고
그늘을 담자

왼쪽으로만 감고 돌아가는 등나무
껴안는 센 힘에 상대는 아파한다.

습기도 먹어주고
뜨거움도 막아주니
여름맞이 친구다

오늘은 여기서 쉬고
내일도 찾아오마
여름 푸른 등나무야

여름 속 추억으로
너를 마음에 담아두니
행복하오. 등나무 그늘아

떠나는 배

초록 바다 파란 하늘
공간에 떠가는 배
좌우 펼쳐진 광경에
탄성이 나온다.

뱃머리 때리는 물살
거품으로 갈라지고
뭍에서 멀어져 보이는
고향 집은 점이 되어
개미처럼 보인다.

지나간 세월 그림처럼
가물가물 살아올라
떠나는 배에 가득 채워져
웃다가 울고 노래가 되어
흥얼거린다.

사연 많은 고향 청라언덕
환청 들리는 풀피리 소리
산도라지 잔대를 먹는
아련한 추억 속에

꼬마 신랑
꼬마 각시 소꿉놀이 내 친구들
가득 싣고 떠나는 배
만선의 기쁨으로 오색깃발
만국기 달고 엄마 있는

부두에 쌍 고동 울리며
닻을 내린다.

그녀 미쳐버린 춤

별똥별 쏟아지듯
소나기 떨어지듯
소소리바람 속에
휘감겨 올라가는
깃털처럼 음악 속에
빠져버린 그녀
흔들어 깨우는 말초 세포
단말마 괴성이
혼절해 버릴 듯 귀청을 흔든다.

달빛에
애절한 여심
사랑 고백 애타는 목마름
울음조차 쉰목소리
끝끝내 얻지 못해
처연한 몸부림은
달빛 속에 날아가는 낙엽
여울에 떨어진다.

행복은 춤
피를 미치게 하는 음률
모든 힘이 방사되어 허물어질 때
어디선가 박수 소리 들린다.

저 가슴에 부는 바람

에움길 돌아
곧은 길 들어서니
그날이 보인다.

저 산 바위 밑에 묻어둔
영글지 못한 작은 돌무더기
그 속에서 웃고 있는 비탄들
냉가슴 바람 일어 잎새를
껴안고 바삭거리는 낙엽을
밟아가련다.

부서지는 소리 세월을 먹고
세월을 묻어가는 잔잔한
리듬 저 가슴에 전하는
새바람 되어 떠나간 임에
정표였음을 모아 알게 하소서

저 가슴 울지 않는 바람
오색 낙엽 춤추는 모습으로
다가와 입 맞추고 그냥 가소서

저 가슴 아파서 고운 바람
그래도 새날을 열어주소서

맥놀이

큰 통 이름이 우주라 했지
작은 통 이름이 지구던가

작은 통이 시끄러워
무슨 일 있나!
보이는 모습은 알록달록
단풍 든 가을 같은데
들리는 소리 깨지는 사그릇 같고
터지는 폭죽. 벼락 맞는 소리
땅이 흔들리는
징그러운 소리 들린다.

소곤소곤 들려주던 자장가
엄마와 누이가 불러주던
장단 어울리는 맥놀이 예쁜
음률이 작은 통 지구 소리였다

소리가 변했어! 달그락 털털
깨지기 직전 소리 같아

멈추자 멈추어서 바르게 잡아
통을 깨끗이 씻어내고
맥놀이 고운 음률 심혼을 깨우는
소리로 바꿔 손자 품에 안겨주자

갈맷빛

파랗고 검푸른 빛은
지글지글 작열하는
태양의 작품인가요

햇살 두꺼운 8월의 절정
가지가지 잎 잎마다
짙은 원색 자랑한다.

손짓하는 잎새들 매력
이끌려 왔어요. 연한 잎
어서 와라. 웃어준다오.

그늘 동굴 햇빛 자양분
파란 산소 선사한다.

할아버지 고향 산이요
에덴동산 일번지요
할머니가 사기 안 당했으면
지금도 갈맷빛 품에 있을 거요

고향은 핏속에 흐르는 정
잊을 수 없어 당기오.
그냥 이끌려 오면 좋아요.

삶이 어려우면 옵니다
삶이 즐거워도 옵니다
고향 가는 배 정 싣고 가요

갈맷빛 숲으로

미꾸라지 자화상

귀를 잘라야 그림 되고
눈을 멀게 하고 불러야 노래가 된다.

"우물 속에서 발견한 얼굴 뒤에
파란 바람이 구름을 몰고 가는
가을 보는 자화상"
천재들의 미치는 표현에
마음은 갈잎처럼 흔들린다.

심혼을 깨우는 애상한 종소리

에밀레종을 깎아내리는 일제 극작가
쇳물에 아이를 넣어 종을 만들어
애상한 소리를 낸다고 했다

간교하고 간악한 출세 놀이
말 한마디 못 하는 미꾸라지 자화상
항거와 어눌한 저항이 밟히고
깨지는 소리 시와 노래가 된다.

임들의 자화상 속에 숨어 있는
미꾸라지 자화상
아직도 숨 쉬고 있다

얄개의 불

가슴 이글이글
눈에 활촉 입에 화포

희망의 태양
내 품에 태양을 안고
춤춘다.

텅스텐 날개 달고
날아가서 태양을 안고 와
얄개의 불이 되어
삼팔선 소재하고
불타는 심장을 세우리다

누구도 말리지 말라
얄개의 태양 불에
다 태우리다

분단의 주법들 먹거리
태워서 굶겨 죽이리라
새역사는 죽어서
만들어진다.

얄개의 태양 불에
희망이 춤춘다.
빛의 나라가 잉태된다.

71

가을 바다

새털구름 껴안은 하늘을
안아버린 파란 바다

물결은 바람을 그림 그리고
끼룩끼룩 갈매기
던지는 먹거리 따라 무리 지어
군무를 춘다.

저~ 멀리
하늘 바다 맞닿은
수평선 끝자락 찾아가는 유람선
웅성거리는 소음은
젊음 익어가는 가을 바다 노래다

유람에 가득한 사랑
석류알처럼 박혀 익어가고
예쁜 사랑
달고 상큼한 사랑 향기
그리운 임께 보내련다

더위 파세요.

불더위
꽃 더위
무더위

파세요. 삽니다.
얼음에 저려놓고
물속에 박아서

꼬들꼬들 장아찌
만들어 두었다가
동짓날 팥죽에 넣을 거요

갑자기 슬퍼지면

시들한 삶
다들 지쳐 보이고
축 늘어진 어깨가
애잔해 보이면
너무 불쌍해서 울고 싶다

너나없이 모두가
발악하는 모습 가엽고
줄여보면 밥그릇 싸움에
목숨을 걸고 명분을 세우는
단세포 생물이 되어서
원자탄 놀이에 밤을 새운다.

알 수 없는 앞길 절벽 같아
모든 것, 한순간에 삶을
완성하는 연금술사 같은
묘기를 찾고 있다

믿을 수 없는 내일
가꿀 수 없는 꿈

그래도
버릴 수 없는 내일
슬픈 노래 속에 밤은 광란한다.

마음속 광주리

수수목 가득 담고
마른 고추 가득 담고
단감을 가득 담아 초가집
처마 밑에 나란히 두면

고추잠자리 날아들어
앙징한 율동 넋을 잃고 바라본다.

어린 시절 동화 같은 그림은
세월이 아무리 흘러가도
원색 그대로 남아 있다.

나이를 먹지 않는 시와 시집
마음 광주에 가득 담아보면
언제나 천진한 마음 늙지 않고
광주리가 썩어 없어져도 그대로 있다.

마음이 나이가 없으니
마음에서 나온 시도 나이가 없다

새벽이 오면 이슬 한 아름 안은
청초한 풀잎 되어 언제나 젊은 시
한 소절 마음 그릇에 담고 가리다

가을걷이 아마겟돈

익었어! 따야지
꺾어야 해 베어버려
튼실한 알곡 볕에 말려
곡간에 쌓아둔다.

알곡을 사랑하는
농부의 자부심은
따고 꺾고 베야 하는
작물 따라 일 순서를 안다.

지구를 가꾸는 농부는
이 땅에 가을이 왔음을 알고
작물 따라 따고 꺾고 베게 한다.

무엇을 먼저 딸 것인가?
어떤 것을 먼저 벨까?
이미 꺾어버렸을까?
타작을 다 해버리고
쭉정이와 가라지를
불태울 때인가?
알 수가 없습니다

주인님 어떤 사람은
인류의 마지막 전쟁
아마겟돈이 쭉정이와
가라지를 태우는 마무리
타작마당이라 합니다

조락(凋落)

싱싱하고 파란 잎새
여름 감나무 검푸른 잎새
사이에서 떨어진다.

연노랗게 물들어 힘없이
내리는 매실나무 잎
눈 속에서 동장군 물리치고
기세등등한 매화나무 기상이 내린다.

세월 누가 이겨요.
삶이 시간의 권리에 무너지고
바람 없는 순간에도 조락(凋落) 한다.

윤기 나는 감잎 부러워
눈 못 감고 구르는 처량함이
이렇게 쓸쓸할 줄 미처 몰랐네!

늙은 잎새 되기 전에
노란 잎새 되기 전에
바람과 함께 춤추자

새순이 단풍 됨을 아는 지혜
새싹이 낙엽 됨을 아는 연습
가르쳐 주소서

나의 후회를 미리 팔아
아픔을 막아보련다

만들었지

하늘 나르는 연
바다로 가는 종이배
새 쫓는 허수아비 만들었지

별 함께 보고 달 함께 보고
낙엽 생각하며 속 눈물 찍어낸
내 친구 있었지

삶이 기쁨이라 삶이 아픔이라
밤새 우기던 너 세월 속 진주지

무엇이 그리 즐겁니
무엇이 그리 슬프니
우리는 정을 만드는
재주가 있지

쌓인 정 속에 그리움
정의 색깔은 익은 호박
정의 냄새는 아카시아 벌꿀
세월 속에 만들어지고 익어가지

마음에 쌓인 정
웃숨줄에 매달아
하늘에 달아 두어야겠다

축제

둥둥 떠서
꽹과리 소리 잡고
어깨를 들썩인다.

꽹과리 소리
볕뉘처럼 찾아든 마음 밭
굳은살 떼어내는 경쾌한 소리
꺾고 꺾이는 노랫가락
심금을 울리면 손뼉을 친다.

마음에 쌓인 짐 노상 방류
소제하고 흥에 겨워
더덩실 춤을 춘다.

마음이 추던 춤을 몸이 받으니
너나없이 일어나
돌고 도는 강강술래다.

춤추다
마음에 솔 향기 나는 청잣빛이
되살아나면
검은 밤 불태워 하얀 날 될 때
꽃보다 아름다운 진한 웃음
볼 위에 색인 될 거다

보라색 가을

배초향 작은 꽃
보라색 유혹
말벌 나래질에 짙은 향기
품어낸다.

보라색 도라지꽃 누구를
유혹하는가
멀뚱멀뚱 쳐다보며
가을 아느냐고 물어본다.

희미한 미소 가슴에 품은
허수아비 너털웃음
고요한 들판을 깨운다.

가을은 영글어 고개 숙인
벼 이삭들 침묵 속에 소곤대는
보라색 꿈 이야기
하늘을 연결하는
보랏빛 기도 색깔

가을은 보라색 도라지꽃 너였구나!

가을 풍경

어디서 들려오는 새벽 종소리
스쳐 가는 바람에 낙엽 지듯
살포시 내려앉는 소리는
어느 산사의 독경 소리 같다

은은하게 들려오는 음색은
풀벌레 소리의 추임새처럼
장단이 맞추어지고 외로운 누군가
필요한 때 위로된다

여름 실은 배 지나가고
전어 실은 가을 배 항구에 왔소
며느리도 돌아온다는 전어 굽는
가을 냄새 잊을 수 없습니다

꽃무릇 꽃대가 보일듯하고
백합화 꽃망울 터뜨릴까 하니
가을에 피는 꽃들 고개를 들었습니다

코스모스에 입맞춤하는
고추잠자리 파란 하늘 흰 구름
하늘이 만들어 준 새 옷 갈아입고
가을 색깔 자랑합니다.

하늘은 날 보고 풍경의 주인이라 합니다

벌초와 어머니

풀이 자랐네! 긴 머리처럼
오늘 예쁘게 깎을게요.
조상님 마당 청소하렵니다

세상의 온갖 잡풀 가슴속에 자랄 때
큰 놈 작은놈 큰딸 작은딸 너의 뿌리는
누가 뭐라 해도 엄마다

파도에는 바위가 되어 막아섰고
비가 오면 우산이 되어주며
눈이 오면 온돌방 되어 뜨겁도록 안았다

누워 있는 여기는 편하신지요
풀잎에 동화 같은 이야기 했습니까
잔디 풀잎에 속삭였던 말씀 이슬로 보인다.

어머님의 이야기 많이 들은 잔디는
풀 향기로 인사합니다
풀 잔디 향내는 어머니 냄새다

쑥떡 모시떡 향긋한 냄새는
어머니의 향기
풀 속에서 똑같이 배어납니다

공간(空間) 마칭

파란 하늘 벗어나
파란 바다 뒤로하고
무색(無色) 공간에
무체(無體)로 변화되어

무심(無心) 세계에 들어간다.

비워져 버리니
가벼운 공기처럼 자유로워
그냥 떠 있는지 날아가는지
무아(無我)다

끝에 가면 그렇게 완성되겠지

두 박자 소리에
하늘 속으로 돌아오고
바다 앞에 서 있다

네 박자 속으로 걸어 들어가면
가로등 네온사인에
별들의 노래가 숨어버린다.

순박한 눈은
돈의 향기에 취하고
잊어버린 공간은 한 줌 재가 된다.

가을의 계단

가을 벌써 중간 계단
백로 이슬이 온다 코스모스
꽃잎에 살포시 내려온 이슬
작은 방울 속에 투영된 아침 햇살
잠시나마 영롱하더니 간곳없다

삶이 그런가요. 계단을 오르는 것처럼
내 인생의 가을 계단은 중간이 넘었소
보라색 꽃이 보여요
배초향꽃에 날아와 꿀 따는 벌 보인다.

가을 보라색 꽃에도 꿀이 있어요.
향유 배초향 도라지꽃에 벌 와서
가을에 나오는 꿀은 약이란다

나는 방아잎 배초향이지 내가 들어가면
비린 맛 없어져 누구나 좋아한다오
가을엔 보라색으로 벌 찾아와 입 맞추고
주고받은 정 알알이 여물어 씨가 되다.

산다는 건 알 수 없는 색깔들 모였다
흩어지는 순간 아쉬운 미련 두고
떠나는 것 끝에는 보라색이던가요
나의 가을 중간 계단에 배초향꽃 피었다

앙증스러운 꽃송이는 지나온 이야기들이
달려 있는가? 작은 사연들 꽃이 되어
속삭이듯 겹겹이 모여 지난 이야기 한다.
누구는 가고 누구는 살았다고 한다.

진보라 연보라 중간 보라 색깔마다
처연한 사연 다 알 수 없지만은
나의 가을 중간 계단에서 가을 맛을
알았으니 기쁘다 즐겁다 다시 보자

송편이요

원래 이름이 송병이어라
첫 모양은 보름달이 지라
그런디 사람들이 접어 부렸소
그래서 반달이 돼 뿌렸지

색깔은 파란 풀잎 노란 호박
보라색 아로니아 하얀색 멥쌀
예쁜 빛깔 되어 어울림 하지

속은 속을 봐야 알아
콩, 팥 밤 깨 녹두 누가 제일인가?
멋은 독특함이야.
변함없는 모양 언제 봐도 그대로지

맛은 먹어봐야 안단께
콩 들어간 떡 콩 맛이고
밤 들어간 떡 밤맛이여
깨 꿀 들어간 송편 맛자랑 했지

향은 코에 물어보랑깨
솔잎이 보내준 향기
진하게 좋아 뿌려
방 안 가득한 솔향 우리 것이지

가을 무화과

익어 벌어진 틈새에 달콤한 맛
말벌 찾아와 식도락 즐김. 하네
가지와 잎새 사이에 커가는
푸른 무화과 가을을 모른다

노랗게 물들어 가는
가을 타는 나무들 잎은 떨어지고
열매는 붉어지고 기운도 쇠약한데

무화과는
새순을 돋게 하고 새 열매를 맺게 하는
정열은 어디서 오는 힘인가요
하나는 익어서 자랑하고
또 다른 것은 솟아 나와 젊음보인다

가슴 펴고 속을 드러내 빨강 속 꽃을
보여 주는 무화과
농밀한 단물에 벌 나비 날아온다

넓은 잎 푸르고 바람은 난타하니
달빛에 춤춰 가을을 왕같이 즐기는
무화과 모습에 덩달아 좋아져
봄인가 착각한다

들깨꽃과 말벌

덩치 큰 말벌
앞발로 안고 뒷발로 차네
혀는 꽃에서 달콤한 사랑
주고받고 작은 꽃잎 몸살 한다.

키도 몸집도 마음에 안 들어
뒤돌아섰는데 돌아가지 않고
껴안는 너는 무슨 심사인가?
우악스럽게 안지 마라. 숨 막힌다.

짝사랑도 사랑이라더라
너의 구애가 처절할수록
닫힌 마음 틈새가 벌어진다.

힘에 부치던 사랑놀이
큰 날개로 내 뺨을 만졌지
부드러운 손이 없어 미안하다며
날갯짓해 주면 참 시원했다.

가는 세월 우악스러운 포옹은
그리운 미련으로 남아있다.

짧은 만남 꽃무릇

서늘한 바람 따라온다고 했지
눈 맞추지 못한 시간
벌써 꽃이 피어버리고
시들어버린 이
시간의 발자국만 보는 듯 아쉽다

잎새 없이 홀로 와 외롭던 모습
말라가는 여섯 꽃잎 매만지며
여인의 속눈썹 같은 긴 일곱 개 꽃술을
어르며 내년에 다시 보자고 속삭여본다.

덧 없이 가는 시간에
검게 타버린 꽃송이
아무도 없는 허허한 네 모습
짧은 만남 아쉬워 가만히 바라본다.

검게 타버린 꽃잎에
말라가는 꽃술은 서로 부둥켜안고
한세상 잘살고 간다며 꽃의 노래를
바람에 싣고 흔들어 잎새에 전하려 한다.

가을 열애 중

젊음이 좋다
축 늘어져 산마루 바라볼 때
미간을 만져주는 시원한 가을바람
감춰진 젊음을 깨우고 일어나라
어깨를 두드린다.

맘보바지에 빨강 잠바 노란 스카프
갈색 모자 파란 선글라스
앵두 입술이 가자고 속삭인다.

팔짱을 끼고 숲길로 들어서니
키 높은 나무들 고개를 내밀고
부러운 듯 어서 오라 손짓한다.

때로는 나뭇잎 우수수 내려와
주변을 맴돌며 가을사랑 뜨거운
열애에 손뼉 치고 바람을 그리는
웨이브 춤 뽐내며 도돔바
스텝 땅 위를 밟아간다.

나뭇잎 사랑을 춤추고
늙지 않는 마음을 손잡아주며
가을 열애에 뜨거운 밤은 깊어간다.

가을 멋쟁이

밑그림을 그리고
지우기를 몇 번이나 했던가?
하얀 백지가 지우개에 뭉개져
구멍이 나기 직전 멈추었다

멋쟁이 가슴에 바람구멍 생기면
날아갈까 봐 움켜쥐고 안절부절못했었지
덧칠하여 잠들게 하려고
노란색 옹치잠바 입히고
머리에 갈색 염색해서
너는 내 것이라고 이름표를 붙였다.

한밤이 지나고 보면
붙여준 이름표 바람에 날아가고
붉은색 잠바 갈아입고 와

나 잡아, 보라고 저만큼 산허리 돌아간다.

날마다 변화하는 멋쟁이
바람 따라 색깔은 화려한데
기운이 없어 보여 흔들리고
떨어져 날아간다.

가을 멋쟁이 마음 불러와
이산 저산 이야기꽃이
활짝 피어간다.

91

태풍

태풍 폭력은 사정없이 휩쓸고
남을 것이 없다 무얼 먹고살까?
바람은 때리고 비는 할퀴고
너를 고소하고 싶은데 길을 모른다.

나 좀 살려달라고 들이 산이 부른다.
겨우 살아난 힘 빠진 내가 온 힘 다하여
뛰어본다. 물속 잠겨있는 벼들의 통곡
뿌리 뽑혀 절망하는 나무들 눈망울 본다.

어쩌란 말이야 손을 뻗어 봐도 손이
모자라고 발을 내밀어봐도 발이
모자란다. 한계는 아픔의 극치이다
한계가 지나고 더 아프지 않으며 죽었다

아픔을 햇볕에 마르자
그날이 오면 웃어질 거야
짧은 순간이라도 웃어질 거야
아픔을 견디고 살아있음을 느낀다.

하늘을 보는 살아있음이 참 좋다.

그 밤에 울던 사연

귀뚜라미 우는 사연 알 수 없듯
그 사람 우는 사연 알 수 없어라
떠나간 봄 여름 그 속에 묻혀간
가슴 저린 사연 가을에 고별하는
눈물인가요

바람 날개 타고 이름 모를 산야로
날아가는 낙엽 뒷모습 보기 싫어
눈 감고 하늘을 봅니다

떠나는 것들의 뒷모습이
애잔하여 가슴에 묻어둔 눈물의
씨앗이 발화되고 주체 없이 흐르는
눈물은 볼 위에 흐르는 강입니다

사라져 가고 있는 인연들
놓이고 싶지 않은 간절함
표현할 수 없어 애타는 몸부림
가을은 노란 붉은 검붉은색
낙엽으로 압축하여
삭풍을 기다린다.

그 밤에 울던 그 사람 모습이다

춤추는 가을 여심

코스모스 흔들림은
나부끼는 여인의 치맛자락
조용히 날아와 사뿐히 앉아 있는
잠자리 현숙한 여인 모습
앙증하게 핀 하얀 들깨꽃
부끄러워하는 시골 처녀 귓불 같아라

밤송이 둑 터진 당당함은
우리 엄마 내 동생 가진 모습
대봉감 감나무를 휘어잡는
강권은 여인 천하 호령하는 여장군
가을은 여인들 포만의 춤 무대다

가을 남자 땀 냄새 진동하고
빈 막걸릿잔 버려진 모습 같은
애잔함이 쓰르라미 소리에 어우러져
잊히는 옛 모습 막 이내라는 마지막 장면
검정 칸막이 뒤로 사라진다.

당당한 여인들 웃음소리
가을 파노라마 산과 들 바다에
가을 노래와 춤이 되고
부딪쳐 돌아오는 메아리 소리에
그 남자는 일어나 가을 낙엽 구경한다.

바라보기

무엇이 보이나요?
밤이 되면 마음은 태양을 바라보고
낮이 되면 별빛을 바라본다.

세상 유혹은 섬광으로
순간을 빼앗아 가며
돌아올 수 없는 덫 속에 가두어버리고
가는 세월에 희비로 늙어 버린다.

다 벗어버린 나목처럼
흰 살을 드러내고 태양을 마주 보면
미소 띤 해님이 되어 웃어 준다.

자연에 동화돼 새로운 기운 얻어
꿈에 본 미리내 날아올라가
우리 엄마 여기 계시느냐고 기웃거리고
찾아 헤매면 수많은 엄마 찾아와
팔 벌리고 안아 준다.

풋풋한 어머니 냄새
넉넉한 미소 구김 없는 웃음 속으로
작아져서 숨어버리고 어머니 동네
숨은 왕자가 되어 봅니다

어머니 동네 은하수 미리내
여기에 꼭꼭 숨어 살고 싶어
눈을 뜨지 않고 억지로 눈 감고 있습니다.

노래해요

가는 봄을 노래하는 개구리
잘못 듣는 귀에 한마디
운다고 하지 마세요
마음 고픈 사랑 노래 불렀소

늦여름을 노래하는 뻐꾸기
울더라고 하지 마세요
남의 집에 맡겨놓은 자식
지켜보라는 얘 아빠 부르는 노래요

초가을 노래하는 매미
울 시간 없어요.
칠 년 세월 땅속 굼벵이 벗어나
하늘을 보고 이슬을 먹으니
너무나 좋아 노래가 나옵니다

사람들 이상해 노래를 운다고 해
개구리 뻐꾸기 매미 세상이 다른데
다른 세상 말 우는 소리로 듣는 거야
사람 세상은 슬픈가 봐 노래가
우는 소리로 들리는 아픈 마음들
늦가을 깊은 밤 낭랑한 귀뚜라미
노래로 청소해 주련다

테두리

파장이 커지는 테두리
벗어나고 싶어 하는 경계선
경계를 벗어나면 돌아올 수 없는
구렁텅이에 빠져버린다.

살고 싶어 하는 욕구 테두리 안에
사는 법을 가르치는 교육이
규격화시키고 규격 속에
가두어버리는 오류와 모순 반복된다.

자유로운 영혼 구속할 수 없는
테두리 벗어나 하늘 끝도 모자라는
머나먼 곳을 유영하는 방종 같은

자유 막을 수 없다.

테두리 벗어나 돌아올 수 없다는 경험이
끝없이 날아가는 원초적 자유와
부딪치고 타협하는 기나긴 밀당
우리들 시와 노래가 되어 가슴에 맺히고
붉은 깃발 파란 깃발 싸우고 있다

애절한 삶의 노래 애상한 슬픈 노래
테두리 나들이하며 세월을 빼앗아 가고
노랗게 말라가는 시간 잎새처럼
나부끼며 재 넘어 보이던 그루터기
내 앞에 다가와 있다

꽃 댕강 배롱 꽃

초대받지 못해도
집합 속에 있으면 함께 가고
모양이 달라도 한 그물에 쌓이면
같은 물고기라 한다.

꽃 댕강 배롱 꽃 한자리에 같이 피어
보기 좋아라. 공원 속에 이웃 되어
다정한 모습 속에 함께하고 싶어
살짝 귀를 기울여 봅니다

무슨 이야기 들리는듯하여
바라보면 벌들의 날갯소리
꽃가루 퍼내고 꿀 따는 일에
열정을 다한다.

평온한 모습의 꽃 댕강
귀티를 뽐내며 하늘거리는 배롱 꽃
밤새 무슨 이야기 했느냐고 물어보면
배롱 꽃 손들어 영글어진
꽃 댕강 손잡으려고
밤새워 팔을 뻗어 불러 봐도 환영한다고.
말만 하지 다가오지 않아서 애달프다

비우고 기다려 바람이 부는 날
공중을 날아올라 날마다 웃어주던
앙징한 네 모습 껴안고 빙그빙글돌면서
내려와 부드러운 흙 위에 신혼 방을 만들자

내일은 허상

무엇이 보이나요?
살아온 날들 엉성한 뼈다귀
겹치고 부딪치는 허상
착시로 내일이 있을 거라고
믿어질 뿐이다

오늘이 내일을 이어주는 징검다리인가?
홍수와 불. 불의 사고로 끝이 나면
생각 허상으로 지나간다.

현실 기쁨을 실상 노래로 즐기라
값을 치를 수 있는 지금 맛을 놓치지 말고
가슴으로 느끼며 감사로 찬미하자

사랑은 사랑으로 정은 정으로
기다리지 말고 붙잡아 느낌으로
후회 늪에서 벗어나자

삶은 하늘 뜻을 모르고
하늘은 삶의 어리석음을 용납하지 않으니
어깃장 갈림길은 지난 후에 알게 돼
내일은 운명 허상이더라

삶의 반란

생명을 가지고 오니
세상이 삶을 선물하더라

삶은 때때로 혼자 어디론가
가버리고 존재 잃은 생명만
멀뚱거리고 있다

방황하는 생명은 삶을 찾아
헤매고 다른 삶을 갈구하며
기웃거리고 십자가를 바라보고
포장마차 불빛을 쳐다보며.
쉽게 느낌을 주는 포장집 찾아간다.

삶이 생명 속에 들어올 때
수다쟁이 상대와 어울려
웃고 떠들고 그러다 마음 주고
맛이 없으면 삶은 나가버린다.

생명을 조롱하는 삶 연속된 반란
노래하자고 하면 콧노래 중얼거리고
춤추자고 하면 막춤을 추며

흥에 겨우면 사랑하잔다

혼자 할 수 없는 사랑 애태워
넋 놓고 있으면 슬프던 짝사랑 영상
바늘처럼 만들어
꼭꼭 찍어 눈가를 붉히게 한다.

달에 심은 사랑

오래된 정원
이태백 놀던 달
애달프던 사랑 노래 심었지
가랑가랑한 기타 줄에 달빛
숨어들어 애상을 그리는 소리
잠들지 못하는 설렘 불러 모으고
밤새우는 불꽃에 이유 없는 눈물
가슴을 적셨다.

이십 대 태반 이태백
들뜨고 설렘이 변덕스러운
꿈 안고 우리들의 오래된
정원 달 쳐다보며 이루고 싶은
포부를 달 속에 심었고
무담시 짖는 개처럼 무담시 울었다

달에 심은 사랑들 자라나!
열매가 익었는지 나라도
우주센터에서 수확하러 간대요
어머니 아버지 심어놓은 사랑
오래전에 심었던 내 짝사랑
어떤 모양 익었을까?
생각만 해도 웃음이 그려진다.

착상의 기쁨

십 년 만에 찾아온 아이는
희망의 꽃봉오리처럼
웃음으로 밝은 빛 되어
그늘진 곳에 멍든 자국을
걷어내고 행복을 주었다.

언젠가부터 막혀버린
시문(詩文) 갑자기 쨍하고
가슴과 머리에 찾아와
안길 때 세상에 모든 것을
얻은 것처럼 희열에 가슴이 뛴다.

아무리 찾아도 보이지 않고
먹먹한 가슴 먹장구름 속에
가두어 버리더니
이렇게 쉽게 찾아와
아기 손에 연필을 쥐여주며
그림처럼 그리다 노래처럼
힘차게 불러보란다

지금의 걱정 근심을
놀이하듯 가지고 놀면
세월이 스승처럼
잠겨 있고 갇혀 있는 억가슴
풀어주더라

참고 견디면 내일은 나의 것
오늘의 시련은 내일 피어날
꽃밭에 거름처럼 희망이 착상되어
그대 품에 안겨 올 것이다

파란 하늘길

하늘은 파랗고 높기만 한데
이별하고 마지막 가는 곳 하늘
내 곁을 떠나간 모든 사람이
하늘에 계신데요

밤하늘 수많은 별을 보면
별마다 눈 맞추는 모습 어머님부터
내 동창 연. 석. 어릴 때 가버린
희. 호 손가락을 꼽으며 헤아려보면
하늘에는 이십 명이 넘게
나를 쳐다보고 있습니다

한방에서 뒹굴던 가까운 사촌들
먹을 것 있으면 꼭 챙겨주던
인정 많던 친구 학교에 가자고
부르던 청청한 목소리가 들립니다

남들은 가셨다고 하지만
내가 살아있는 동안은
함께 살고 있습니다

오늘도 꽃 댕강 사잇길에
상큼 달싹한 꽃향기 맡으며
맨발로 황톳길을 거를 때
좋은 황토 반반한 곳에 자리를 잡고
둘러앉아 공기놀이에 해지는 줄 모르고
놀았던 기억에 빙긋이 웃으며
하늘을 한 번 더 쳐다봅니다

만덕동 하늘길 공원에 오면
하늘 가는 길을 가르쳐주는 듯
남해 금산 위로 해님이 솟아
웃어 주는 아침입니다

잃어버린 맘

잃어버린 것 같아서
뒤돌아보면 허전한 맘
무엇을 두고 왔는지
알 수가 없어 잠깐 서서
생각해도 날아간 기억은
돌아오지 않는다

그냥 가자 별일이야! 있겠냐
굽이굽이 돌아온 고개 재에
두고 온 어머님 맘 주름지어
흔들리는 갈대꽃 같아

고향 집 뒤돌아본다.

사람보다 먼저 변한 고향 산천
오간 데 없는 골목길 미나리꽝
모든 것이 사라진 고향
꿈에 본 전생처럼 아스라하다.

가버린 것들의 향수는 아지랑이
봄꽃처럼 진하게 피어나는데
잃어버린 것 같은 아쉬움은
발길을 멈춰 세우고
무슨 미련 그리 많아
뒤를 돌아보게 하는구나!

길이 많아

한길만 가란다
다른 길은 가지 마란다
묻지 않았다 그냥 간다.

하늘길 바닷길
큰길 오솔길
보이는 길 보이지 않는 길
삶과 길은 한동네다

천당 길 지옥 길
누가 가봤는가?
천당은 천당 길만
지옥은 지옥 길만 있다.

증명이 안 되는 길 가지 마라
확실한 것은 지금 가는 길
지금 황금 보석 꾸며진 그 집으로 가라
기쁨이 없으면 지금 나오시라

길은 삶
삶의 길이 정답이다.
무슨 어떤 삶 묻지 말고
느낌을 느끼는 그 길을 가십시오

울체(鬱滯)

막혔다
뚫어야 한다.
사방팔방 통로를 찾는다

필사의 탈출 멈출 수 없다
누가 죽고 누가 살 것인가?
자연의 순리 역행한 무지

코로나 울체(鬱滯)화병 되어
모두의 가슴을 후빈다.
입을 막고 비대면 한다.

보이지 않는 적은
끊임없이 변화한다.

백기사로 찾아온 흰 소
내 손을 잡고 두려워 말라
내 어깨 감싸며 안심하란다

울체(鬱滯)는 웃음이 통로란다
그냥 웃으란다

해 뜨는 언덕에서
흰 소가 웃는다
지구가 웃는다

나도 따라 웃는다

* 울체鬱滯 : 답답하게 막히거나 가득 차다.

상추 심으며

봄 기분을 내야지
울타리 안에서
봄을 끌어안아 보자
조그마한 텃밭을 일구어

청상추 모종 심어보자
연녹색 상춧잎에
마음을 주고 봄을 얻어봐야지

옛날 어머니 씨앗을 받아
심었지, 촘촘하게 자라는 새싹
솎아서 고추장 보리밥
양푼에 비비고 눈 돌아갈 정도로
큰 숟갈 한입 넣었지

그때 파종 시절은 추억되고
모종 심는 간편 시절이네
꿀잠에 맑은 피 마음 안정 주는
귀하신 몸 천금 채라 하더라

입을 막은 봄
억지로 느끼고 가야지
그냥 지나가면 다시 만날 수 없어
아쉬워 동동거리기보다

파란 상추 심으며
봄을 끌어안아 본다.

피접(避接)

나목 사랑하기에
잎을 보내야지
남들은 버린다. 하지만
나는 보냅니다

보내면 다시 오지요
버리면 못 오십니다
그날이 오면 뿌리에서
당신 체온 느낍니다

언제라고 말 못 하지만
꼭 오십니다
비바람 눈보라 쳐도
온다고 했습니다

피접(避接) 살이 서러워도
웃을 날 기다리며
미리 웃으렵니다
너무나 사랑하기에

나는 피접(避接)으로 너를 지킨다
너만은 살아다오 죽음은
나 하나로 막아야지

야무진 그 생각에 기쁜 눈물
웃음으로 번지고 윤슬로
반짝입니다

아름다운 조화

하늘은 구름을 안고
바다는 파도를 안고
엄마의 젖처럼 부드럽게
솟아있는 섬

섬세한 조화는
누구의 작품일까?

웅장한 그림에
어울리는 파도 소리
어느 음악 창조자
오선지에 음표를
때리는 지휘자의
송곳 지휘봉 같습니다

자랑하세요

찬란한 태양
당신이 주인입니다
잠시라지만 부럽습니다

당신의 햇빛 속으로
모여듭니다
만물이 주변에 모여
춤추는 축제입니다

착각하지 마세요
잠시 주인 임을
영원하려 하지 마세요
추하게 보이니까

그냥 시원한 바람
한 사발 냉수입니다
만물이 다 내 친구라고
자랑하면 한번 웃어주세요

나도 너와 친구 됨이
자랑스럽다
우리 짧은 만남 통 큰 삶
멋에 멋을 더하면 찰맛이 된다

시원한 찰맛 걸음으로
생명 바람 일으켜 자랑해 보자

새싹 보리

보리밭을 만들다
소가 좋아하는
청보리밭 방안에 만들었다.

눈에 묻혀도 푸른 색깔
지켜가는 겨울을 이겨내는 보리
도심 속 작은방에 새싹 보리 수 경작한다.

쑥쑥 커서 소담하다
소가 보면 입안 가득 침샘이 고일 것이다
역병 피하는 유일한 소일거리다

초록색 온 방 가득하고
키워준 답은 청소해 준대요

임 속에 들어가
괴롭히는 찌꺼기들
다 쓸어서 한 짐 지고 온답니다

보리야 예쁜 것이
마음도 착하지

물먹는 보리
새싹으로 웃어준다.
파란 너의 미소는
풋풋한 향기 첫사랑 그녀 같다

용설란

용의 혀 용설란
속 눈으로 본 형상
세상에 없는 상상의 동물
용호상박 형상을 만든다.

뿔 달리고 귀 달리고
날개를 달고 비상을
기다리는 잠룡
너무나 높이 올라가
떨어져야 하는 항용

세상을 품고 청운을 안고
뛰어오르는 약용

천둥 같은 사자후을 토해낼
용의 포효를 만들어내는 용설
용의 혓바닥 모양이 용설란이다.

화분 속에 용설란
혀가 없어 비상하지 못하는
잠룡에 혀를 달아주려고
밤잠 못 자고 자라고 있다

이른 새벽 너에게 혀를 심어주련다.
청운을 안고 내 꿈도 안고 비상하여라

동백꽃 뿌리

높은 가지
열매처럼 달려 피고
찬바람 소금 바람
해풍에 휘말려도

싱싱한 자태 빨간 꽃잎
겨울 태우는 동백꽃
눈바람도 지나간다.

너 하나 피우기 위해
어두운 지하 갱도를 판다.

한 모금 자양분
얻으려고 긴 시간
기다리고 싸웠다

바위와 맞서 긁다가 긁히고
열어주지 않는 길
너를 위해 가야지

겨울 찬바람 빨간 꽃잎 매력
곱다는 그 말 한마디
희망과 보람입니다

계절을 넘어

동백나무 서 있는 옆
백장미 붉은 장미
함께 자란다
다정한 이웃이네

뿌리는 서로 양분
나누어 먹는 좋은 이웃
엄동설한 추운 동백꽃 계절
장미꽃 함께 피워준다

아름답고 놀라워 사진 찍고
참으로 보기 좋아
한참 쳐다본다

벌 나비 가버린
춥고 삭막한 계절에
어쩌면 그렇게 정겹고
색깔 곱게 피어있느냐

계절을 넘어온 우정
기쁨의 정열로
빨갛게 영롱한 색깔로
찬바람 추위를 덮으려 한다

새 해는 뜬다.

새해가 떠오른다.
계묘년 검정 토끼 다

소리 없이 옆에 와
옆구리 꾹꾹 찌르는
검정 토끼
아리랑고개 넘어가잔다

세 번째 신부

설렌다. 기대하고 보고 싶고
만나고 싶어서
서성거리던 내 모습 부끄럽다

신부야 그대 모습 보고 싶어
까치발로 먼 산 배기 했지
이제야 만났구나!

그대 닮은 반달 송편 주고 싶어
달 밝은 밤 솔잎 따서
솔향 심어 비진 떡 주고 싶다

신부야 시원한 바람이다
그대 원숙한 나의 신부야
우리 만남이 하늘 뜻이다

변화무상 첫 번째 신부 날 버리고
답답 무덥던 두 번째 신부 떠나갔다

첫째도 둘째도 합방 한번 못하고
졸혼했으니 한심하더라

현숙한 신부야 세상에
흉흉한 코로나 전염병 돌아도
잡을 손 놓지 말자

내 신부 이름은 가을이다
시원한 바람으로 이 산천
저 평야를 씻어주세요

지구의 눈

초점을 찾은 눈
사하라의 지구 눈
무엇을 보고 있는가요

눈꺼풀이 무거움을 느끼는
피로한 지구는 원인을 찾는다
하늘이 찢어지는 이유가 문제다

사활을 걸고 해결하려는
핏발선 눈으로 두리번거린다..
너야 너구나! 공해 이산화탄소다

오존의 파란 산소 색깔을
회색 분칠로 먹어가는 탄소
공기를 썩게 하고 지구를 공격하는구나!

용서할 수 없는 전쟁은 시작되고
끝나는 시점은 알 수 없다
이산화탄소 먹구름처럼 배출하는 자

자정(自淨)과 저항 잃은 공기 속에
코로나를 보내어 죽어가는 숫자에
놀라 손들고 항복하라는
지구의 선전포고 들리는가

오만가지 생물이 함께
살아야 하는 이 땅에
이기와 욕심으로 혼자 삼키려는
너는 누구냐

지구의 눈 부정한 자 초점 속에 가두고
백지 투항 그날까지 치열하게 밀어붙인다.

* 아프리카 모리타라 사하라의 눈
  원이름 Richat Structure(리차트 구조)
  위성에서만 볼 수 있음

역린. 미늘

물에 사는 고기
세상에 사는 사람
생동하는 모습은 아름답다.

탐나는 모습으로 가지고 싶어 하는
자태로 현혹하는 그 속에
역린과 미늘이 숨어 있다.

등용을 막아버리는 역린 낚싯바늘
걸리면 백골이 되어도 벗어나지 못한다.

먹음직하여 삼키는 순간
미늘에 걸리고 발버둥 치다
벗어날 수 없어 그대로 말라버린다.

곳곳에 본능을 노리는
보이지 않는 덫과 거미줄이 있다.

돈을 탐하랴 벼슬을 탐하랴
벗고 벗어버리고 훨훨 날아
구름인 듯 바람인 듯 살다 가세

나그네가 소탈한 웃음으로
하늘 보네 나 같은 구름 흘러가고

배고파 땅을 보니 산딸기
익어서 손짓하네!

역린도 미늘도 나를 피하여
소소하게 부는 바람에 날려가네

세밑

송년 보내야지
망년 잊어야지
섣달은 정월 준비한다.

한 살 더 돌 지나는 손자의 소원
혼기 찬 처녀의 울렁거림
정년 앞둔 아버지 한숨

세우고 싶은 날
지우고 싶은 날
세밑은 그냥 서럽다.

나를 잡으려는
세월 뿌리치고
세월 무게 없는 곳에
둥지 만들어
풀피리 불고 싶다

황혼에 비치는 지나온 시간
갈무리하여
금실 은실 포장한다.

예쁘게 포장한 나의 갈무리
세밑에 두고 가련다

조용한 반란

성공하면 역사가 바뀌고
실패하면 목숨이 사라져
생각 속에서 멈추고
찻잔 속 희미한 태풍이 된다.

한 번쯤 역사의 주인 되고 싶어
일탈을 꿈꾸며 보따리 들어다 놓고
망설이며 어디론가 유랑한다.

살랑한 바람 젖몸을 파고들면
머리를 매만지고 미묘한 느낌에
서핑보드로 세상의 큰 파도
타고 넘어 정복의 희열을
가지고 싶다

나를 주체하지 못하는 마음이
조용한 반란에 점령되어
몸 따로 마음 따로 매화 나뭇가지에서
눈을 뜨는 꽃눈처럼 거센 바람
무시하고 고개를 들고 일어선다.

조용한 반란 꿈 찾아 일어나
쉼 없이 진군하여 꽃 미소 그리며
태양을 마주하고 그날의 영광
찾으러 간다.

봄바람

나목을 흔들어 깨우고
깊이 잠든 뿌리에서 단물을
퍼 올려 우듬지까지 올리란다

밤새도록 흔들고 윙윙하는
바람은 남들이 보면 싸우고
때리는 줄 알아도 우리 사이
좋은 이웃, 움트는 새싹 단장
예쁜 연애랍니다

임의 부드러운 손길 같은
봄바람 얼어버린 마음 열어
사랑의 씨 심어놓고 실바람
살랑거림은 고운 음악 같은
자장가입니다

찾아온 햇볕 조화는 꽃향기
만들어 연 바람에 띄워 멀리 간
임 오라 불러서 옛동무 그때를
함께 즐기렵니다

나를 찾아 불어온 봄바람
매화꽃 망울 반가워서 울었는지
퉁퉁 부어올라 톡 터질 것 같습니다.

덕장 휙 소리

쌩 쌩 쉭~ 소리
듣기 따라 조금씩 달라
표현은 각각이다.

매달린 순서 따라 너, 모습
내 모습 우리 모습 동태가
명태 되고 청어가 과메기 된다.

모진 바람 눈보라 치고
얼음 바람 때려와도 그대로
맞서고 맞아야 하는 처지에
눈물은 사치 견디는 것이다

동태에서 명태가 되기까지
때리고 어르는 바람 몸으로
맞고 부딪치고 이별하는 연습
얼마나 많이 했던가?

찢기고 할퀸 네 모습 내 모습
혼재되어 사라지고 어느 날
텅 빈 덕장 덩그렇게
허무를 즐기며 비어있는
공간에 바람만 놀다 간다.

127

꽃잎에 길을 묻다

최이천 제4시집

2024년 9월 11일 초판 1쇄
2024년 9월 13일 발행
지 은 이 : 최이천
펴 낸 이 : 김락호
디자인 편집 : 이은희
기 획 : 시사랑음악사랑
연 락 처 : 1899-1341
홈페이지 주소 : www.poemmusic.net
E-Mail : poemarts@hanmail.net

정가 : 10,000원
ISBN : 979-11-6284-549-3

이 책은 〈한국예술인복지재단〉에서 지원을 받아 제작되었습니다.